千葉貞子著作集

命の美容室

〜水害を生き延びて〜

コールサック社

千葉貞子著作集

『命の美容室～水害を生き延びて～』

目次

Ⅰ　記録文　アイオン台風の記憶

Ⅱ　詩　一九五九〜一九六一年

V エッセイ

千葉貞子著作集

『命の美容室～水害を生き延びて～』

I

記録文　アイオン台風の記憶

アイオン台風の記憶

私は岩手県の一関《いちのせき》に生まれ一関の街と共に生きて来ました。幾度も水害という災害に遭いながらも私は自分が生まれたこの一関が好きです。

七十八歳の人生の道のり……いろいろな出来事に出会いました。その中でも一番心に刻まれ、いつまでも忘れられない思い出があります。

それは、今から七十年前の事。一九四八年九月十六日のアイオン台風で一関から宮城県登米《とめ》市中田町上沼まで三十八キロメートル流され、九死に一生を得た体験です。その前の一九四七年カスリーン台風の時も筏の上で一日過ごした記憶があります。

一九四八年のアイオン台風はとても悲惨なものでした。五百三十人という大勢の人達が一瞬のうちに犠牲になりました。小学三年生で九歳（数え年）の時です。家族は父、母（三十九歳）、二人の兄（十二歳・十一歳）、私、弟二人（七歳・五歳）の七人家族でした。住まいは現在の桜木町（下街）一関一高の東側に住んでいました。

父は佐々木製材所に勤めていました。

当時の佐々木製材所は多くの従業員を抱え結構手広く営んでおりました。私達一家は工場に並ぶ事務所の一角を借りて住んでおりました。父一人の働き手、五人の子沢山でしたので、暮らしは楽ではなかったです。当時は食糧難でどこの家庭でも明日の食事に困り、飢えに苦しんでいた時代でした。家族の多い私の家でも例外ではなく、米が食べられる時はそう多くはなく、ジャガイモなど芋類かお粥に大根を炊き込んだかて飯《めし》を食べたりしておりました。

その日は、前日から降り続いた雨は午後になり猛烈な豪雨となりバケツをヒックリ返したような勢いで降っていました。

私達子供は早い夕食を済ませ着替えもせず布団に入りました。間もなく父の甲高い声と外で人のざわめく声が聞こえてくるではありませんか。七時頃か、もう少し早い時間なのか、さだかではありません。「水が出たぞ!!　水が出たぞ!!」「早く起きて逃げろ!!　逃げるんだ!!」父の声は恐怖で震えていました。電灯は消え、暗闇の中を裸足のまま外へ飛び出しました。水は足元までヒタヒタと迫っていました。事務所は平屋でしたのでここには居られませんでした。

その時、製材所の社長が工場と私達を心配して二階のある社長宅まで誘導してくれたそうですが、水の流れが速いので小さな私達を引き連れて行くことは不可能と判断した父は途中に建っていた二階の倉庫に避難したのです。

社長はそれでも命からがら自宅に戻り着いたそうです。

山津波が上流で起き、鉄砲水となって押し寄せてきました。磐井川の濁流は次々と堤防を決壊させ一関の町を襲いました。一生懸命走る私達子供には水の流れが速くて幾度も転びながら水に半分浮いた状態で二階の倉庫に着いたのです。階段を必死に這い上っていきました。その時はこれで助かったと思いました。

誰が最初に上ったのか知る由もありませんが、最後にやっと登り着いたのが母でした。

母の躰は半分濁流に呑まれたままでした。寒くはないのですがブルブル震えていたのを覚えています。私は歯と歯がカチカチとなり、身震いを抑えることが出来ませんでした。

二階に避難したものの、一難去ってまた一難、水の流れは速いもので濁流は止まることなく私達の居る二階まで押し寄せてきました。父は天井を壊し、みんなで二階の屋根に這い登り、しっかりと掴まっていました。私達のほかに工場の佐藤さんも一緒でした。(彼は工場を見回りに来て逃げ遅れ私たちと生死を共にした方です)。屋根の上にそれぞれ八人は向き合う格好で腰を下ろし、お互い手を握り合っていました。雨はまだ降っていました。

その内にいろいろな物が流れてきて私達の居る倉庫にぶつかり合う音、人の泣き叫ぶ悲痛な声、うめき声、動物の鳴き声等々、闇の中で聞く声は姿が見えないその分だけ一層不気味でした。耳を覆いたくなるようなさまざまな悲鳴、それはまるで生き地獄そのものでした。「助けてやりたくとも、助けることの出来ない自分、自分たち八人が流れの中からどうしたら遁れるか、心のもどかしさ、こんな苦しい思いをしたことはなかった」と、父は言ってました。屋根に居る私達に又災害が降り掛かってきたのです。周りが急に明るくなりました。折からの強風に地主町の中川油店から火災が発生し、商店街十五戸を焼失しました。火の粉が私達の頭の上に降ってくる、正に火責め、水責めとはこの事でしょうか。降ってくる火の粉を素手で振り払うのがやっとでした。倉庫が少しずつ傾いて行くのを躰で感じながらわが身を天に任せるほかになすすべがなかった。それでもこの火事の灯りで助かった人も多く居たそうです。建物があっと言う間に濁流の中に傾いてしまいました。火の手がだんだん遠くなるのを見ながら私達は水に浸りながら流れていきました。八人を乗せた屋根が約百五十メートル位の所にある東北本線の線路にぶつかり、その反動で母と長兄とすぐ下の弟の三人が濁流の中へ逆さまに転げ落ち見えなくなってしまいました。

その時、「もう駄目だ」と言って水の中へ消えた母の最後の言葉でした。母は後日、水の引いた三関で遺体となって見つかりました。母の体は真っ白く腫れて、そして水を飲んだ母親の姿は別人のようであったと父親の証言で知りました。私は子どもでしたので、母親の遺体と対面させられませんでした。

火事から遠のく安心と、又火事から遠のき、何処へ流れるであろうという不安、それはとても複雑な気持ちでした。目の前にして母を救う事が出来ない無念さ、父の心に何時までも残って居る様です。倉庫は一瞬にして砕かれ、流木にそれぞれ乗り移りました。八人のうち、残った五人は、お互い無事で声を掛け合いながら流れるまま濁流の中を流されて行きました。闇の中子供の名を呼ぶ母親らしい声、親を捜す子供の声、濁流に消えていく悲痛な叫び声、さまざまな声が今でも耳の底から消える事がありません。

もう火事の灯りも見えず、周りからも人の声も聞こえなくなりました。「いったい此処は何処なんだろうか？」流木の上にすがりついた時そんな事を思いました。然し、ゴウゴウと唸る濁流の中に幾度も幾度も投げ出され、ともかく「助かりたい、助かりたい」、そんな思いでいっぱいでした。周りで叫ぶ声も聞こえず、川の流れが今までと違って急になって来たのです。川幅が広くなり何時の間にか私達五人は北上川の本流に出ていたのです。流されているのは私達だけでした。人の声も聞こえず、不安と恐怖が襲ってきたのです。

横石鉄橋の下を通過する時は五人全員駄目かと思いました。橋桁にぶつかる濁流と一緒に私達は潜り抜け、水に潜ることによって私達は難関を切り抜ける事ができました。

頭を上げ様にもいろいろな物が流れ、邪魔をして顔を出すことが出来ませんでした。

「潜れ」「潜れよ」と父の声で水に潜り呼吸が苦しくなり、幾度も泥水を飲み、その度に鼻がシーンと痛くなり、流れて来る物をかき分けては大きな流木にやっとの思いですがり着き、ヘナヘナと座る。水の中に居ては危険なのです。何時頭や顔を打たれ、命を奪われるか分かりません。もう夢中で藁をも摑む思いで流木にすがりつきました。五人の名を呼ぶ父の声、お互い声を掛け合い私達は又、一緒に水の流れのままに流れて行きました。

濁流に投げ出されては這い上がる。幾度も幾度も水を飲む。皆んなはそれぞれどんな思いで流れていたのだろうか？　流れがいくらか緩やかになった時、川岸の方で人の声がするのです。消防団の人や村人達が船を出し流されて来る人達を救出していました。

父が叫びました。「子供も居る！　助けてくれ!!」と悲痛な声で叫びました。直ぐ近くまで助けに来てくれたようですが、いろんな物や流木に遮られ私たちの所まで来るのはとても無理でした。父と佐藤さんの二人だけなら自力で助かる事も出来たでしょう。父は私達と生死を共にしてくれました。偉大な人であると同時に感謝しております。人間の真の心とはいかなる時にそれが行動に移されるか、これこそ父の真の心であると思います。川幅が広くなり流れが緩やかになり周りが静かで流れが静止したかの様でした。もう消防団の人や村人の声も聞こえなくなりました。随分遠くまで流れて来たと思いました。

私達だけが流されて居る。恐怖と緊張の後は疲労と睡魔が襲って来て小さな躰はもうクタクタでした。その時です、かすかに何処からか子供の泣く声がして来たのです。あまり遠くない所から聞こえてきます。力尽きたすすり泣く声だけが暗闇の中に聞こえてきます。

私達は流木の上でひとかたまりになっていました。父がその声のする方へ近づき男の子を連れてきました。その子は鉄道線路の上で濁流に呑まれた弟でした。私達は再会出来た喜びをお互い抱き合い共に泣きました。偶然とはいえ、とても信じられませんでしたが、偶然とは本当にあるものですね。それを奇跡と呼んだら良いのでしょうか？

この時、雨はもうすでに止んでいたかも知れません。静かな流れが突然向きを変え激しい流れに変わったのです。私達六人は川の真ん中を流れていました。ただ無言のまま流されて行きました。「眠るなよ、眠るなよ、眠ると流れに落ちるぞ!!」と言う父の声を聞きながら眠いのを我慢していました。しっかりとお互いに手を握り合っていました。どれほど流されたのだろうか？　突然私達の掴まっていた流木が凄い勢いで岩場の方へ吸い寄せられて行きました。まるで磁石に吸い寄せられるようなそんな感じでした。私は川の底へ底へと吸い込まれていったのです。沈んでいく、沈んで行く、半分気の遠くなる意識の中で私の足首を掴む者が居る、ますます引き込まれ息が苦しくもがく私、夢中でその手を私は払い退けました。生きたい時、自分だけしか考えない人間の愚かさを体験してしまいました。今、とても後悔しています。

息が止まってしまうと思った時、私の躰は今度は上へ上へと押し上げられ、必死で手に触れる物なら何でも掴もうとしました。投げ出された所は苔の生えたヌルヌルした岩場でした。そこは宮城県登米市中田町上沼という所で、人も寄りつかぬ「篭巻《かごまき》」と呼ばれる所でした。登ろうとしても滑ってなかなか登れないのです。川から離れる事が一番無難だと考え上へ上へと登り、やっと木の生えている所にヘナヘナと座り込んでしまいました。足元の下はゴウゴウと音を立てて渦巻く濁流でした。暗やみの中不気味な音だけが私の耳に入ってきます。周りは真っ暗で、人の気配はなく、「助かったのは自分一人だけ」と思った時、とても怖くて恐怖と寒さで一晩震えていました。

眠ってしまったらこの岩場から又濁流の中へ落ちてしまうと思い、少し大きめの木と木の間にまたぐ格好でまんじりともせず十七日の朝を迎えました。なんと長い夜でした。一人この岩場で過ごした私はそこでの恐怖と濁流との戦いを振り返り、人知れず中学卒業まで心の戦いでした。

十七日の朝はとても良く晴れた朝でした。朝日に照らされた北上川は茶色の水といろんな物の通り道となっていました。空の青さと濁流の水がとても対照的でした。

　北上川を挟んで助かった部落が中田町で、向側は東和町です。東和町の部落の人達が川の水位を見に来て居て助けを呼ぶ私を見つけ、中田町に連絡し救出してくれました。救出された時の私の服装は半袖の服とブルマをつけたままの姿でした。泥水を飲んだものの、大きな怪我をすることなく、私は濁流の中を流され、助かりました。

　そして、小野寺梅五郎さん宅でお世話になりました。汚れた私を風呂に入れたり、食事を与えたり、いろいろとみんなでお世話してくれました。その後疲労と睡魔が襲いそのまま私は眠ってしまいました。どれほどの間、眠りについていたのか定かではありませんが、大勢の人達の見守る中で目を覚ましました。

　午後になり、父が私の生還の連絡を受け、消防団の人と迎えに来てくれました。私は父に再会し嬉しくて泣きました。父と若い人の二人は「篭巻《かごまき》」から脱出して、川の真ん中へ投げ出され、「浅水」という所で救出されたそうです。

水の中に投げ出された兄弟三人は、「篭巻」に巻き込まれたまま、帰らぬ人となりました。

その内に小野寺さん宅でも近くの堤防が決壊し危険な状態になり、避難せざるを得なくなり私は父と共にお礼もそこそこに小野寺さん宅を後にしました。そして、父と佐藤さんが救出されたと言う「浅水」に向かいました。

浅水までの距離四キロ位ありました。父と佐藤さんは篭巻より脱出し、千葉さん達三人（千葉一志・千葉伊勢男・羽生八十八）に助けられ、千葉一志さん宅に二日間位三人でお世話になりました。

私達が助けられたという事を新聞で知り、真滝のいとこが自転車で来てくれました。私は真滝のいとこの家でお世話になり、父と佐藤さんは進駐軍の車で、水害の後始末のため、一関に帰りました。何から手をつけていいのやら分からないまま人々は、只、呆然と立ち尽くすだけだったそうです。水死した死体があちらこちらに置き去りにされ、地獄絵そのものだったそうです。我が家にのこされた物は、泥の中からから出てきた鉄瓶と、大きな漬け物桶一つと、兄の鞄だけでした。

いとこの家には鉄道線路の所で濁流に呑まれた一番上の兄が助けられて居りました。兄は三関の桑の木に縋り付き助かったそうです。私と兄が真滝のいとこの家から一関に戻ったのは四、五日経ってからでした。わが家に戻ったところ、跡形もなく、泥とがれ木や悪臭が漂っていました。だれにも引き取られない死体が多く転がっており、無残な光景に唖然とするばかりで、私は涙が出て止まりませんでした。

その後、一関に戻った私達家族三人は住む家を探すため、親戚の長澤さん宅に間借りをすることになったのです。

自分達の住む家を確保する事が先決問題であり、父は一生懸命に仕事に励み、親戚の皆さんから金銭的にも物資の援助等を頂き、ようやく山目の土地に家を建てる事が出来ました。学校も一関小学校から山目小学校四年生に転校しました。

然し、北上川で行方不明になっている三人の兄弟のことが頭から離れず情報を頼りにしていたのですが、一向に入って来ませんでした。そこで供養をするために遺骨の代わりに三人の学生帽を棺に入れて弔いました。棺の余りの軽さに悲嘆の涙が止まらず、みんなが泣くばかりでした。

その後、長兄の兄が高校二年の時、亡くなりました。父親は妻や子を水害で亡くし、その上長男を亡くしどんなにか無念だったことでしょう。父親はさもない事でも決して怒らず涙を見せるような人でなく、それだけが私にとっては真の父親として誇りに思っております。

父親の口癖は人は一人で生き抜く為には手職を身に付ける事が大切だと言う事を常に私に言い聞かせてくれました。私は中学を卒業と同時に美容学校に進み資格をとり、一人前の美容師になる事が出来ました。

この頃水害の時、耳に水が入り中耳炎を患いその後、後遺症が悪化し二年ほど苦しみましたが、今では完治しました。

夢であった店も二十二歳で開業することが出来、やっと独立できました。

自分の時間を持てるようになり、水害で亡くなった親兄弟の十七回忌の法要を営むに当たり、命の恩人である、小野寺梅五郎さんを探し当てるのに当時の記憶を辿り、中田町役場にも訪ねたが分からず、二回目は浅水の千葉さんとタクシーの運転手さんのお世話で小野寺さんと再会することが出来ました。

小野寺さんは当時の流れ着いた時の写真を大事に十七年間もアルバムの最初のページに貼っていてくれました。

その時に小野寺さんから頂いた一枚の写真の裏には〝昭和二十三年九月十七日、一関の川流れ人、女の子九歳〟と記されていました。

セピア色した写真は十七年間私を待っていたかの様に思いました。

「家族が迎えに来ない時には、わが娘として育てるつもりでいたんだよ」と冗談ともつかぬ事を話されました。

住所も分からず名前も知らなかった小野寺さんと、私達の交流がこれを機に始まりました。毎年九月十六日の命日には私が助かった篭巻の近くで兄弟の供養と近況を伝えるためにお参りに行っています。

然し、父は九十二歳で亡くなり、私も年をとり、足も遠のき寂しさを覚えます。

水害を振り返って思うとき、私は水害という災害に遭い、多くの人と出会い、多くの温かい心にふれる事ができ、今日の自分があるのだと感謝しております。

最後に大洪水に限らず、災害は何時、何処から襲って来るか分からないから、日常生活の中で私達は災害について強く考えなければならないと思っています。

「災害は忘れた頃にやってくる」と言う諺が示すように私達は何時どんな過酷な状況に放り込まれるか、予測できないのです。

災害は私達生命と暮らしを脅かすのです。突然この様な局面に立たされた時、自分の身は家族の安全は、生活の場や財産は、一体どうなるのか？

今こそ、過去の災害の教訓を改めて心に刻み、家族、地域で防災に対する心構えを築き、悲しみ、苦しみの分かち合える人間に。今の幸せを感謝できる人間に。
そしてしっかりと世の中を見つめてほしいと思います。

Ⅱ 詩

一九五九〜一九六一年

風邪

神様が地上に
授けて下さった
賜物を
絶え間なくむしばんでいる虫
遥かに微かに聞える
歯車が頻りと
満員電車の頭脳を
おびやかす時
頭がずっしり重い。
身体は
ざわざわと

日光の二月に
成るのです
胸部は
乾いた砂。
いくら喚いても
虫は小刻みに
食いちぎっている。
〝あ、
神様の賜物が
減って行く〟
小さなふたつの
眼こは
磁石に吸い付けられた
鉄となるのです。
四季の初めの

好きなおまえは
きしきしと
貧り続けている。

試験管

狂犬が二匹
白い牙をむき出し
それでも静かに
目玉ばかり
ギョロギョロ
私の脳みそを
狙っている。

魂

昨日。
生きる事の虚しさに
若い生命が
遠い国へ旅立った。
……
静かな今夜
星が又
ひとつふえて居る。

朝

そこに
無音の海が
開ける時
真赤な椿の花が
ひとつ　誕生する。
深い暗黒の洞窟は
今が真夜中。
浅瀬の岸は
目を大きく見開き
絶え間なく
移動する時間を

気にしながら
生きる事を学ぶ。
一つひとつの
魂が見境いの
海に吸われる
その時。
又
地球は同じ回数で
廻転し始める。

坂

傾斜六十度の
坂を上り終る時
地球は
絶え間なく
廻転を繰り
返している。

桜の花に

おまえは
私の知らない間に
純白の装いを始めていた。
微かな白い息が
頬にふれる時。
遠い日の母を想い
乳の香りに浸り
幼児に返るのです。

手足の神経の
麻痺してしまった人形は

香りの烈しい水に酔う
そんな時
お前は決して
日本の対象である事を忘れない。
動かない海からの
電波を受けて
誰彼となく
もてなしをしてくれる。

地球が或る一定の
廻転を繰り返す時
その下では
今　しきりと
次の準備に取り掛っている。
然し

そんな事にはこだわらず
短い生命をお前は
人形達の為に
羽を失しなった小鳥の様に
ハタハタと
羽搏きをする
……
樅《もみ》の木であったなら。

後悔

四季の初めが
地球に戻る頃。
固い扉に閉じ込められた
想い出は　もう
手の届かない所へ
しりぞいていた。
未来の夢は大きいが
やっと
手の掌に置いて
眺める程の形だけが
忘れられた青春に

残って居た。
……
奇形の犬が一匹
声にならない声で
遠い空を見上げて吠えている。

五月のうた

ポプラの木に陽が射して眩い程明るかったので
そこだけが五月だと思ったら
空が広々と青かった
街はなま暖かなアスファルトの上で
白く横たわっていたし
家の中は閑散として
母親は縫物
父親は昼寝
子供は見えない
物干場で干物がぶらんこ
微風が一廻転すると

木の枝を揺らし木の葉とさゝやき
──お日様と私達だけ──
すべては緑色にかきまぜられどこまでも行き届き
湖は溢れるばかりに五月をたたえて
水鳥と目に痛い白いボートは
風に乗ってそこだけの夢を楽しんでいたし
松林はしんとして
梢で囀る小鳥の声が風に乗って流れて行く
緑が野原をくるくるひらひら回りながら飛んでいたし
野原を抜けると広い海がのうのうと横たわり
淡いピンクの夢が波の中で踊っていた
五月も白いお船の並ぶ桟橋に来て遊んでいたのだった
けれど
いつの間にか見知らぬ船に乗せられて
遠い国へ運び去られてしまった
今日も荒い風が痛い程私の頬を吹き過ぎて行く

或る雨の日に

雨の日は鬱陶しくて
尚頭が重くなり　尚気持が暗くなって
いっそう女は孤独になる
だから書いて書いて書き捨てた原稿用紙に
マッチを擦って孤独を暖めてやろうとこころみる
微かな音をたてて
マッチが白い過去になる時
女の心に未来が生じ夢が生れる
見る見るうちに原稿用紙が燃えつくす時
女は重い頭を火の中にくべてやる

変な音をたてて重い頭は燃える
父母の顔　弟の事　友達の顔　仕事の事
過去の事　文学の事　………が
みなばけもののように火の中で呻いている
――ざまあみろ――
重い頭が燃え終る頃
どうやら女の頭の中は軽くなる。
おっと　続けて暗い気持も火の中にくべてやれ！
真黒な煙りがたち登り
女の気持は春になる
暗い気持が燃え終る時
女は面倒くさくなって孤独もくべようとする
　が
自分には孤独が必要だと考える
孤独はつめたくて燃えないとも考える

孤独を六月の雨に晒し
自分の懐にそっと入れながら
一生孤独と共に生きて行こうと女は思った

嵐のあと

荒海を渡って
長い　苦しい
航海を終えた船は
今　やっと大きく息をひとつする。

闘い　つかれ
大きく傷ついた船体は
異様な世界に目をみはる。
洗われた甲板　マストは折れ
ロープは失い　窓は飛び散り
海水がいきおいよく流れ出る。

天上は音も無く割れ
空は高く青々と。
真黒な海はいつのまにか
緑と変り
小波の如く静かにゆれる。
その上を
忙しく飛び廻る水鳥
言葉忘れたかの如く
黙々と。
あゝ、この世界の中に立ち
過ぎ去った荒海を
思い起す時
体内中の血が
一度に凍ってしまう思いがするのです。
嵐と嵐の間に生れた

新しい世界に身をふるわせて
船は　今やっと
大きく息をひとつするのです。

八月の海

すっぽりと
頭に被った太陽
痛い程　皮フを摑んで
目に　テカテカさゝる
八月の海に私を誘う。

真白く乾いた
長い砂浜
動く
赤　黄　白　………
浅瀬は　貝の石畳
海盤車《ヒトデ》は　海の椿の花

ゆれる　いそぎんちゃくが美しい
青い青い
そして青い
遥か地平線に
今しがた　ポッカリ浮んだ
白い船
水鳥　上手にスキーを楽しんで
鷗は　客の接待に忙しい
飛び込み台から
　ドボン！
海底旅行
どこもかしこも
ぎっしり詰った八月だ
黄金色に息づく
波の上をいっせいに
八月が泳いでゆく

戦争

目玉があったとて
それは　醜い争いを映す為の
ふたつのふるぼけた鏡でしかなかったし
耳があっても
重い錠のおろされた
固い冷たい監獄でしかなかったし
口があったとて
水を泳ぐコイかフナでしかなかった。
何を見　何を聞き
何をしゃべったとて
誰がバカ者になって

素直に聞いてくれただろうか。
みんなお高くて　気取りやで
お偉くてさ
あとは何と言ったらいいだろう。
自分に自分の自分があっても
人の為の人の為に作られた
おもちゃの人形でしかなかった。
子供の頃は
広い広いうんと広い地球だと思っていたら
広い地球でしかなかったし
長い長いうんと長い生命だと思っていたら
長い生命でしかなかった。
時々飛行雲を見つけては
花のように美しい仲間の心と
尊い生命を奪ったのは誰か。と

澄み切った五月の湖のようなまなこは
なつかしい母の声を聞く耳は
喜びを語り合い　日毎神を讃美する唇は
そして
老いたる母と父を支える体と
可愛い子供を力いっぱい胸に抱く
四肢は
………
もしも誰れかに聞かれたら
遠い遠いとても遠い
海の彼方へでも忘れて来たと言ったらいいだろう。
それとも
青い青いそして高い
空のはてに置いて来たと言ったらいいだろう。

夏の空

緑の向こうの
繁みから
　ポッカリ
がんこおやじが現われて
　いやな顔して
どなりやがると
　カンラ　カンラ
　　と。
時には小さく
　又　大きく
体をゆすって木が笑う

すると
空がいっせいに
口をそろえてわめく
それから
八月の空に
思い出したように
泣き始めるのだ

無題

眩しい程の太陽の下で
やっと　芽を出した
朝顔の花
はっと　気がついて
両眼を開け
大きく背のびをしたら
あまりにせますぎる
人間社会の空気

はたして雲の切れ間から
顔を出したとして

うるさい程の
人間の声
静かな
人間の声の合唱が
身体をむしばむことを
止すだろうか

隆起した胸に
たん念に編みつくされた
思い出
甘い夢を求めて
歩みつづけても
追っても追っても
去ることをしらない過去
日毎悩ます黒い影

黄昏れのこぼれる
長い石畳を渡って
天と地の中間に横たわる
ホワイトブルーの
海を見る時
そこは　夢の国と
永久の魂の置きどころ

言葉を知らない波が
頻りに胸をたゝく時
風はそっと
かたくなったこゝろに
変化をもたらす
やっぱりなつかしい人間の合唱……

太陽の見えない日も
月のない日も
広い海にボートを浮べ
私はいっしんに船をこいでゆくのです

水害と運命と

この烈しい恐しい程の
なま暖かい黒い雨
日本のある一ヶ所の領土
汚染されたいちまいのぶあついもうまく
もはや　その下でこと切れている
我れらの父母　愛する妹兄
あなたがたは誰ひとり
今日という日を思って見たゞろうか
思って見ても知ることはないのだ
何故なら
運命を覗く事であるから……

冷たい雨がしきりに
死を知らない人から
言葉を奪ってゆく
黙っていると言葉が見えなくなる
ばらばらにちってしまった
急いで拾わなければ　と
言葉を失った人は思う
太陽も見えない
月すら照らす事をわすれ
天上ははんけつさんじゅうびょうまえ
濁流は断つことをせず
言葉の貯水池
うなる　さけぶ　なく
親　子　男女
あらゆるものの合唱

その流れは
言葉を失った人の運命をくるわせて
生きる事の難しさを
試みようとするのだ
なんとあわれな
そして悲しい
濁流と動物の財産争い
良いにしろ悪いにしろ
一枚の金貨すら抱いたことのない者も
黄金の寝台に夢見る者も
みな平等になりうる時は
こんな時だけだ
おもしろそうに大声をたてて
笑い過ぎてゆく
一本の細長い運命

空はそれに反応するかのように
つぎからつぎへとはね返してよこすだけ
言葉を失った人は思う
明日という日が約束されているから
水でぬらしてしまった魂は
きれいにあらってほさねばと

素人役者

今日も又
ぶ厚いマンモス都会の
もう膜が　やがて
天地の主なる神の力によって
静かに開き始めると
まっ黒な天井に
真紅の椿がたったひとつ
こともなげに誕生する
するとそこに今日と云う日が生れる
私はその瞬間
本当の自分からぬけだし

二十四時間中の三分の二時間は
ホワイトブルーの舞台にたって
笑顔で気難しい天照大神のしそん達を相手に
こゝろにちいさな抵抗を感じながら
私は役者にならねばならないのだ
そんな時
本当の自分は涙を流して
悲しんでいるのです
苦しんでいるのです
でもいくらうめいても
時が私をせめるから
時が私にせまっているから
仕方なくぶ器用な演技を始めるのです
手足は軽く動いていても
こゝろはいつもなまけ色

然し……
生きる為に生きてゆく為に
今日も又明日も
地球の夜明けと同時に
ある一定の場所で
きまって素人役者は
無器用な演技を行っているのです

想い出の中で

或る日わたくしは
過去が惜しく
いつの間にか白い松林を歩いていたのです
木々はめっきり年老い
小島の姿は見えず
微かに歌声だけが
ぼろぼろの木梢に浸みこみいつ迄も
昔をしのんでいるかのように
その肩尖《かたさき》は悲しみにうち沈んでいた
そして　そこで私は
生存競争の烈しさと

みにくさを自分の両眼にしっかり
植えつけて来たのです
　生きる！
微かな時間の身体を
たった一枚の母の形見のオーバアに包み
夜想い出の中で
生きる事だけを考えているのです
明日の事より明日の自分より
たった今の自分の方が大切だ
からからに乾いたこゝろと
くたくたになった四肢に
声にならない声をむち打ち
それでもなお目標に向かって歩み続けるのです

武蔵野

1

ちる　ちるちる　ちる
秋の武蔵野に金色に輝く木の葉
素晴らしく洗練された化学繊維の
青い衣裳が高い空間を泳ぐ時
そこに生きる人間に
苦しみと悲しみとを忘れさせ
佳麗と喜びとを与える

ちる　ちるちる　ちる

金色の木の葉の中に座れば
数限りない武蔵野の
哀愁がひしと乙女の胸をひきしめる
　大きな空とそして地と
大木　　とそして道と
　大きな池とそして沼と
の自然美を備えた武蔵野
多くの詩人が愛して
そして生命を埋めた武蔵野

2

冬の武蔵野
春の武蔵野
夏の武蔵野

過ぎて　また
秋を迎えた武蔵野

武蔵野と云う字を四つ並べ見て
そこに優美を感じられる武蔵野

今日も暮れる武蔵野
その中を　ひとりの
年老いた旅人が
秋の夕ぐれの武蔵野の中へ
消えてゆく

秋のむさしのに木の葉が
ちる　ちる　ちるちる　……　ちる

一枚の絵

まっ黒くぬりつぶされた
　　　一枚の絵
貴方が書き　私が書き
　そして
あんたが書き　君も書いた
　　　一枚の絵
うすぐらいため息の中で
　それでも
三千万度のエネルギーを発している
ひとつの灯
その中でもがく

貴方が私が　そして
あんたが君が
信じる事を知らず　信じられず
憎悪と憎しみと
悪意と　殺意と
　そして
暴力と汚職とが充満している
今日の日本そして世界
それはまぎれもなく
まっくろくぬりつぶされた
一枚の絵なのだ

花言葉のうた

ここはどこ　どこなの？
あら　とてもすがすがしい香り
とても　広いひろいところ

ビロードのじゅうたんの部屋
それは　バラと名のつく花
ピンクの寝室　コスモスの花
ひとつずつ　ふたつ並べた
ベッドは　チューリップの花
半分開いた押し窓は
ホワイトブルーの　矢車草

黄色いカアテン　秋の菊
長い廊下は　松葉牡丹
それでは画廊はなんの花
とっても明るい　向日葵の花
グリン好みの貴方の部屋は
夏の緑で　かざりましょう

紫好みの私の部屋は
山すみれの花で溢れてる
ふたりの楽しい未来の日には
まだまだ遠い夢だけど
桜の夢もいいものよ
それより遠いまだ遠い
夢にそなえてつくる部屋

それは
ふたりの夢の賜物
ベビーの為のかわいいお部屋
いつも明るい　愛らしい
スイートピーのお花で飾る
夢の部屋
ふたりに遠い夢物語

春の海

春の海は知らない間にやって来る
南の太陽の下から………
春の海は
誰にとっても速く感じられる
やっと　今
銀世界から解放された
無類の動物達
はるかに遠い
湖の果てからやってくるもの
それらは
みな生きる為だ！

わけも解らず生きる為だ！と
おのおの口をそろえて呼ぶのだ
それらのもの達には
春の海は
地図のない
人生の道しるべなのだ

孤独な男

おもしろくない時　詩を書き
悲しくなれば　詩を読み
淋しくなれば　詩と語り
苦しくなれば　詩を愛し死す
いつもいつでも男はぶ厚いブックを
左のうでにかかえていつもきまって
きまった道を歩く
あく事をせず　知らず
色褪たジャンバー　孤独の色
よれよれのズボン　孤独の色
　そして孤独の顔

男の身辺は孤独で溢れている
自ら孤独を愛し
孤独と結婚し　孤独を生む
男の身辺はいつも孤独で
　あふれている

サルスベリの花

昨日。
或都会の薄汚ない街角に
たたずむ老婆から
何げなく買った
サルスベリの鉢が
今日。
ひさしぶりに降る雨に打たれ
庭の真中で
生き生きと燃えるような
花をつけている
数えて見るとそれも五ツ程

明日。
一日サルスベリの花は
やっと生きる苦しみと難しさから
自分の性《さが》の終りを知る事だろう
花の世界から解放されたサルスベリは
御魂の見えないよう
白い雲の彼方へ
消えてゆくだろう

Ⅲ 俳句

一九六三〜一九七八年

もくれんの固さを活けし真昼かな

立春や嫁ぐ日近く文整理

魚釣る子の頬に西日のはねかえる

妻の座に慣れぬこころよ夫《つま》酔いて

うつむいたままの向日葵蝶止まる

海静か虹を欲しがる少女いて

町角に金魚を買ふや夫と子と

子の寝息夫の寝息や虫の声

旅発ちの夫のうしろに落葉ふる

北風に背中押されて林檎売る

奪い合う親子嬉しき賀状かな

右左しかと吾子の手初詣

帯賞めし夫に送らる松の内

子を抱けば胸の汗かゆし残暑かな

大輪の菊程雨を抱え咲く

藪入は母にもありていそいそと

我が背丈を過ぎる娘と初詣

去り難き炉端こたつや草の宿

Ⅳ 短歌

二〇一二～二〇一八年

コオロギ

むせび泣く声は次第に高くなり死して知らさるる君の生い立ち

砂埃り受けて進みぬ被災地に松一本は生きてる証

見渡せば昔の名残りひとつ無く地震津波は海まで呑みぬ

蔓の先どこまで伸びる朝顔よ震災の夏は深く哀しき

被災地のがれきの山は幾重にも積み上げられて今日で百日

六人の仲間の絆強まりて被災地見舞う砂舞う高田

鬼灯《ほおずき》の真赤に熟れし鉢を買う夏の初めの朝の市場に

傍らにすっと来て立つ男孫強い肩幅触れてたじろぐ

自転車の孫の制服見え隠れ春の日受けて角を曲がりぬ

日溜りに翅震わせてコオロギの頻りに鳴くを聞くは久しく

島秋人隔離されたる人の名よされど歌集は今も詠まれん

生命

想い出のアルバム開くこともなく震災あとのこころの痛手

九十の叔母の形見の袷《あわせ》解く色鮮やかな深きむらさき

夕映えの男鹿半島めぐり来て夫と代りぬ山路の運転

見上げれば色づく木の葉夕映えに秋の彩り空にちりばめ

ポケットに仕舞い忘れしメモ用紙かなしいまでも文字色褪せて

透かし読む名前の文字の懐かしき吾が師の手紙今は亡き人

帰宅する夫を迎える玄関に金木犀《きんもくせい》のほのかに香る

床に臥す娘のためにとさりげなく重湯《おもゆ》を作る母は九十

新興地抜ければ稲穂実る道今なお息衝く昭和の風景

出来てきた写真はやっぱりそれなりに納得している自分が哀しい

ことごとく予期せぬことの起こりては生命ある者は何時も忙しき

追憶

手作りの椅子は思い出多く秘め過去を語りて棄てるは惜しく

注文の髪型仕上がり鏡見る客は微笑みて眼鏡をかける

日溜まりに見事に咲いた福寿草見てるでしょうか浄土の友は

九十の母は鍬持ち葱さくる高く盛られた畝は脈打つ

逢う度に小さくなりし友の背に又来るからとくり返すだけ

日日成長孫のこころにふれる時祖母には祖母の役割のあり

きびきびと挨拶交す孫の声今日の始まりに勇気湧き出る

頂いたじゃが芋サラダに変しんしお裾分けですお隣さんへ

威勢よく伸びて現る雑草を毟《むし》る私は追いつ追われつ

酷暑しのぎ共に過ごした向日葵を切るにしのびず秋の夕暮

流されし松原の跡に一本の松はためらいて新しく立つ

胡瓜の花

祝成人時代とともに変わりゆく髪も着付けも流行《はやり》のままに

美容院の鏡に映る冬の空小雪チラチラ陽射しさしくる

残雪が夕日に染まる岩手山ここから始まる孫のキャンパス

体験は自立の一歩と言い聞かせしっかり握る孫の手温し

日日老いる身辺整理はかどらずあれもこれもとこころ病む春

少しだけ庭を広げて花愛でる仕事の合間の仕合せのとき

初めての野菜作りは楽しけれ胡瓜の花は見事実になる

土起す春の陽射しのその中に故人が残せし百合の芽強く

招かれて馴れぬ電車のひとり旅移りゆく景色コスモスの花

時経しも今なお残る建物に明治のロマン登米《とよま》の町は

美しき文字書き綴る太き指食い入る如く傍らに立つ

夏も終わりぬ

炒りたてのコーヒー香る喫茶店二人が並ぶ冬日差す席

高齢者運転試験無事に終え献立描く主婦にと戻る

ドア押せばいろんなマスクが振り返る待合室は風邪かぜカゼ

仕事柄たちまち伸びる白き爪夜爪に背き迷いて切りぬ

母の日に娘の贈りもの口紅のほど良い赤に気分も若く

北国の列車は進む雪を突きラグビー選手のトライにも似て

新緑の世界遺産の町を行く東下りの馬の嘶き

怪我をしてこんなはずではなかったと悔むこころが行ったりきたり

天井と空を眺めて傷癒す酷暑の病室静かにくれる

白衣着て女神の様に接しても時にはナース違う顔持つ

入院の酷暑日々は秋となり私は何をしていたのだろう

風の向き変われば匂う金木犀友待つ時の過ぎるを忘る

触れずしてはじけて踊る鳳仙花ひかりの強き夏も終りぬ

歳月

せかせかと働く主婦の三が日時計の針は止むを知らずに

サングラス掛けて眺める雪景色違う世界に新たな思い

追いついてまた追い抜かれる夢の中走り疲れて覚めし余韻

抱き上げるおさなご重く初節句の高い高いは遠い思い出

足を止め見上げる大藤ひと房を腕に抱きたい今日という日よ

亡き友の植えたる百合は満開に五年の歳月想いめぐらす

揺れゆれて我が背よりも高く咲くカサブランカに亡き友想う

同級生急死のしらせにじりじりと真夏の太陽気が遠くなる

今日の日はこれで良かっただろうかと眠れぬ夜は遺影に語りぬ

くねくねと続く松原通り過ぎ抜ければ青き記憶の海見ゆ

吹く風は形を変えて頬を打つ朝の気温の昨日また今日と

夕暮れの雲の移りし廊下にて母は静かに腰を上げたり

はなやかな都会《まち》ほど息が苦しくて赤いヒールと戻りし故郷

麦畑は父の遺せし土地ここに住処《すみか》構えて半世紀過ぐ

鳩時計

はかどらぬ手仕事終えし夕暮れにせかされ主婦は冬と向き合う

「南無妙」と凍てつく夜を震わせて団扇《うちわ》太鼓は闇に吸われぬ

水害の今あるいのち世のためとこころに聞かせ体験語る

語りべと言われて話す水害の兄弟救えぬ後悔残る

その昔の水害体験語るわれ今穏やかに北上川見し

夢抱き孫ら飛び発つ日は間近戻る事なし部屋に花活ける

何気無い言葉ひとつに争いの芽は生れしか意地のかけ引き

雨の中デイサービスへ行く母は窓に頬寄せ小さく手を振る

着る物に未だこだわる母九十歳週二度行くデイサービスの日

開け放す窓より入る金木犀待合室の客を和ます

書き出せば終わりを知らぬペンの先午前三時の鳩時計鳴る

会釈

日に一度たったひと粒飲む薬時に忘れる何が忙しい

病院はいろんなマスクの顔並び目と目の会釈それが挨拶

解放という日はあらずいそいそと主婦という名の一日終る

初出社雨の中行く孫の傘ひときわ勢《はず》み遠く消えゆく

吟行会あやめの里は彩りてアヤメショウブにカキツバタの蝶

V　エッセイ

中耳炎

アイオン台風で流された時。三十八キロの距離を流されたものの私は怪我らしい大きな怪我をする事もなかった。今思うと不思議に思う。然しそれに代わる、「急性化膿性中耳炎」という耳の病気には十年以上悩まされ続けた。水の中に長く居たせいか鼓膜に傷が付き耳も少し聞こえづらいのである。

時どき烈しい痛みが右の耳を襲う。そして、朝、目を覚ますと枕カバーが耳漏《みみだれ》で黄色く染まり、中耳炎独特の嫌な臭いがするのである。痛みと痒みが交互に襲って来る。

痒くなると耳の奥まで指が届かないので、破れた障子を剝がしそれを親指と人差し指に唾をつけ縒《よ》りを作るのである。四、五本縒りを作り置き、その一本を右の耳の奥へと静かにくるくる回しながら入れ膿を掻き出す。痒い時は気持が良い。あまりやり過ぎると今度は血が出て来るのである。血が出て来ると痛みが走る。せいぜい三本までで終りにする。

貧しいので病院に行けず、夜になると毎日の様に膿の流れるのを防ごうと努力した。

中学校を卒業すると、父は事あるごとに「女は手に職を持たねばいけないのだ。一人になっても自立の早道だ」と口癖の様に言う。私は、人前に出るのが嫌いで一人で居る方が好きであった。高校へ行くには成績もままならず、ましてお金も無い。自分の進む道も定まらぬままに美容学校へ入学する。東北理容美容学校へ通学する。一年間学科の勉強と実技を習い卒業。そして一年間自分が行きたい美容室に住み込みでインターンをする。そして国家試験を受けるのである。パスして初めて美容師の免許を頂き一人前の美容師となるのである。やっと給料を手にする事が出来るのである。美容学校へ通いながら耳鼻科へ一年間通いその為か耳漏もいくらか良くなった。

集団生活なのとお客様の前に出る接客業なので、耳漏の臭いがするのではないかと、いつも気が引けた。盛岡に良い病院があるというので時間を頂き時どき通院する。その甲斐が有って耳漏も少しずつ治まって来た。手入れと薬、そして、注射を打つ。それで快復へと向かったのである。それでも風邪を引くと一番先に右の耳が痛くなる。弱い所に敵は刃を向けるのだ。七十年過ぎた今では完治した。本当に有り難い。

義母が来る

母を失ってそれほど歳月が過ぎないのに、新しい母が乳飲み児を抱え、父の許に嫁いで来た。美人顔の細い容姿の新しい母。私の父との結婚は、三度目という。一番初めの夫は戦死して娘が一人居るとのこと。二番目の夫は病死し、その夫の子が乳飲み児という。夫の死後、母は子供と一緒に実家に戻されていたとの事だ。そんな時、偶偶《たまたま》父親との結婚話がまとまったらしい。私は小学校高学年。

大人達との約束もさまざま取り交わされたであろう。義弟が出来たという事は私にとってとても嬉しい事であった。弟は小さく痩せていて、いつも母の背中でヒイヒイと泣いていた。「お乳が出なくてね。」と母が言う。そういえば母は痩せている。痩せ過ぎだ。お乳も出ないであろう。夫が亡くなってからの姑さんはかなり厳しい人だったという。釜に御飯を残して釜を洗う時、井戸端でその御飯を手で抄い口に入れていたという。かなりひもじい思いをして来た母である。新しい母を迎える事に少しばかり父に立腹したのを覚えている。私の母は一人でいい。何故父は新しい母を迎えたのか？父に対し怒りが渦巻く。それでも母は遠慮がちに私と兄に接していた。綺麗な裁縫箱を私に手渡してくれたのを覚えている。初めての裁縫箱に私のこころは嬉しくて躍る。兄は母には最後まであまり口を聞く事もなく、二人の間には距離があり、連れて来た赤ん坊にも関心を示す事はなかった。

私は兄とは反対に新しい母に懐く様になる。母との年の差は十八歳だ。姉妹の様だ。そして、父と義母の間に男の子が誕生する。母は前よりも一層忙しくなる。又私も二人の弟達の面倒を見る。二人の弟達も月日と共に肥えて元気に育つ。我が家は平安そのものである。

時どき嫁ぎ先へ置いて来た義母の娘が祖母に連れられて私の家を

訪れる。そんな時、私の平安な気持が不安と変わる。暫く居て祖母と帰るのだが、帰りたくないと駄駄をこねる。時どき思った。義母は、一体どっちの母なのか？　と、その時、幼い気持は揺らぐ。何故？何故？　何故なの……と自分のこころに問いかける。

豆腐を売る

水害から三年程が過ぎ、小学校六年生から中学生にかけて私は、小遣い欲しさから、親の承諾を得て豆腐売りのアルバイトをする。木箱に入れられる豆腐はせいぜい五丁と油揚げ十枚程だ。烈しく揺らすと、豆腐は軟らかいから崩れてしまう。そうなったら売り物にならない。それより報酬も頂けない事になる。暖かい季節は動きやすいが、反対に冬は手が凍る程悴《かじか》み泣きたくなる程寒い。

一軒一軒「豆腐は如何ですか?」と声をかけて廻るのだが、私がいつも廻る所は、住宅が密集している所なので楽であった。水害後市で建てた復興住宅地なのであまり歩く事がなく、すぐ隣合せなのでお隣さんまで声が聞えるらしい。いつの間にかしっかりと私の縄張りになってしまった様だ。

「待って居たよ」と言って小さな鍋に小銭二十円を用意している客も居る。「御苦労さん。」そう言ってお菓子や林檎を持たせてくれるお客さんも居た。お客様がくれる品物は何といっても嬉しい。家に帰って弟達と分けて食べる楽しみがある。終戦を迎え、一関の町は大洪水に遭い、皆、どん底から立ち上がろうとしていた時代で、気持は、荒《すさ》んでいたはずだったのに人々は、優しかった。そして逞しく力強かった。悲惨を体験した人達だからこそ人の苦しみや痛みの解る人間なのかも知れない。

＊豆腐一丁　二十円
油揚げ一枚　五円

兄の死

高等科二年生の時、兄は自ら生命を絶った。私が中学三年生の時である。

昼休みが終り午後の授業に入って間もなくである。担任の今野先生に呼ばれて「すぐに家に戻りなさい」とのひと言で私は訳も分らず学校をあとに、急な裏坂を駆け下りる。学校から家までは十分もかからない距離にある。家の前に着くと人が大勢集まっている。嫌な予感がする。気になるのが警察の人。伯母達の姿も居り、ただならぬ雰囲気である。幼い弟達の姿は見えない。

開け放された玄関を入ると、義母の泣いている声がする。その声はとぎれとぎれに自分を責めている様にも聞える。義母の姉妹達が宥《なだ》めている。只事ではない。兄の姿が見当たらない。「節男兄が……節男兄が……」と、私の姿を見つけ狼狽える母。

「私が側に居ながら」と謝る母。泣く母を慰める言葉も出ず、兄の二階の部屋へと上がる。そこには、横たわる兄と、白衣の医者。そして蒼白な顔で坐り込んでいる父親の姿があった。「節男！　亡くなった！」親戚の者が私に言う。

「兄が亡くなったんだ！」そう思った瞬間、私の頭の中は真白になる。兄の顔は、血の気が無く、医者が駆け付けた時は、既《すで》に息が無い状態だったという。兄は、誰にも看取られる事なく一人寂しく、母と兄弟の処へと逝ってしまった。

「農薬飲んだらしい？」「何でまだ若いのに？」「水害で頂いた生命なのに？」「何があったんだ？」世間の人達は自分勝手に想像する。

「母ちゃん下に居たんだとよ！」そうか、母が居ながら兄の死を知らないでいたのが悪いのだと人が言うのだ。

私達家族は、義理の集りで複雑な家族である。それでも私達は、争い事など起したこともなく、ごく普通の生活をしていた。

義母を迎えた事は、兄にとっては心穏やかではなかったのかも知れない。兄と義母との間には、親近感は見られなかったけれど口論をする事もなく接して居た様であった。兄の死の原因は別にあったのではなかったか？　これは私なりの推測である。思春期という二次性徴があらわれた時期。そして、死の前日兄は一人で「きけわだつみのこえ」という映画を観ている。この映画は第二次大戦に学徒出陣した戦没の学生の日記や手記を映画化したものだ。私が思うには、何事にも真直ぐな性格の兄からすれば戦争という人を殺す争い事は許す事が出来ず、映画の内容に感化されたのではないのだろうか。義母のせいではない。それだけは今でも思っている。

節男　昭和二十八年九月三日没　十七歳。

喧嘩

「川流れのくせに」

口論し負けそうになると、私に向かって言う言葉。私に対しての反撃？　といったら大袈裟《おおげさ》かな。

「川流れで悪かったね」と私。

言われて口惜しいとも、悲しいとも思わない。だって本当の事だもの。

七十年前のアイオン台風が甦《よみがえ》る。七人家族。父と母。兄が二人。そして女の私。弟が二人。幸せだった昔。とても楽しかったなあ。第一高等学校のすぐ近くに住んでいた。

九月十六日夕方。一瞬の間に家族を引き離し、ある人は、濁流に呑まれ帰らぬ人となり、又、ある人は三十八キロの濁流に浮き沈みしながら奇蹟的に助けられ、又は自力で助かった人。
あれから七十年。歳月は、過ぎて見れば早いもの。七十年経った
今は、何もかも忘れたい。過去など気にせず私は今を生きている。

あの頃

たまごは、とても貴重な食べ物であった。昭和二十五年の頃。なかなか高価で手に入らない。

我が家でも六人家族と多い方であった。誰が鶏を飼ったのか定かではないが、小さな鶏、チャボが二匹飼われていた。

食事の時は、丸いテーブルを囲み、勝手（台所）の板の間に膝《ひざ》をつき坐る。父は躾《しつけ》には厳しかった。特に女の子の私には、何かにつけて厳しかったように思う。

玉子一個を弟二人と私の三人で食べる。「仲良くね。」と母が置いてゆく。玉子。「小さい！」思わず声になる。

割ってかき混ぜるのは姉の仕事。黄身と白身がなかなか仲良くしてくれない。いくら混ぜても離れる。醬油を入れ又、かき混ぜる。

小さい弟から「どうぞ！」と言って姉貴ぶる。喜ぶ二人の弟。ご飯にかけた瞬間。白身だけがつるりと落ちる。二番の弟の目が黄身を追う。ご飯に落ちたのは白身だ。

最後は私の番だ。黄身が色良く私のご飯を彩る。弟達も黄身が欲しいと言う。ずい分ずるい姉貴だ。

そんな時もあったっけ。

小さなお茶飲み場所

美容という職業につき約六十年になろうとしている。お店を利用して下さるお客様もそれなりにお年をとられて、後期高齢者の方も多い。私もその一人である。

怪我をしてから従業員に任せることが多くなったが、私を必要として下さるお客様もおられ感謝している。

時には、母を名指しされる方もおられる。母は、美容師の資格は持っていないので仕事に携わることは出来ないが、私が店を開業した時から二人三脚でやってきたので、古いお客様にとって母は店の看板娘と異名をつけられていた。

来年には九十四歳になる母だが、至って元気でいてくれるので本当に助かる。週一回のデイサービスは母にとって苦痛のようだ。何故なら店でお客様と昔話をする方が楽しいらしいのだ。お客様と接する機会が多い母は元気で年に似合わず若い。今日この頃は昼間から人が居ても玄関には鍵が下ろされ人の出入りもなくなった。時代が物騒で信頼性も薄いせいもあろう。後期高齢者時代となり行き場の無くなった人達にとっては、いつも開放的な店は出入りがしやすいのであろう。

美容の客だけではなく、お菓子や飲み物を手にして半日時間を費やす人も少なくはない。こんな場所があるといいね。と言いながら馴染みの人達と会話をして帰られる。

こんな小さな美容室の片隅のテーブルがお客様のストレス発散の場となるのなら喜んで提供してもいいと思う。

年齢と共に時代に合わせて行くことも必要なことである。

懐《ゆ》かしき土地

六十三年を経た隣の屋敷が取り壊されることとなった。東日本大震災で傷み長年空き家になっていたことと、若い人達が都会へ移ったこともあり時代がそうさせたのかも知れない。私が六十歳になった頃であろうか。隣の家との関わりも多く、想い出の沢山詰まった屋敷であった。それがいとも簡単に取り壊されるということはとても寂しく哀しい事で様々な思いが頭をよぎる。今年の夏は、温暖化が進み暑い夏であった。これから先の夏は気温が上昇し、冬は気温が低く厳しい寒さが訪れるとのことである。隣家が無くなりお蔭様で我が家は涼しい夏を迎えることが出来た。南から吹く風が開け放された廊下や玄関を通り、茶の間を抜けて北側の窓より吹き抜けてゆく。店も四方を開け放すと風は心地よく、冷房もあまり使わず自然の扇風機とばかりに楽しんだ。隣の土地を求めた訳ではなかったが、土地が続いているということと、私の父から受け継いだということで最初に声を掛けて下さったことが何よりも嬉しいことだった。元来、父の土地であり、叔父と甥の間柄ということで土地と土地を交換したのだが、隣同士で住んで居た時は持ちつ持たれつの仲だった。土地が還って来たので親孝行だと喜ぶ私。少しは安価で手に入るのではと内心期待をしていたのだが、そう簡単にはいかなかった。「自宅と地続きだから足下を見られたのかも?」と人は言うが、手に入ったということが一番良いことであったと感謝している。価格はともかくとして、整地された駐車場と残した小さな庭を眺めて満足している。二階から眺める庭はまた格別で、夕陽に照らされる紅葉の赤が私のこころを癒してくれる。

著者略歴年表

昭和十五年（一九四〇年）　三月三日、岩手の一関に生れる

昭和二十二年（一九四七年）　九月、カスリーン台風。家族で遭遇する。

昭和二十三年（一九四八年）　九月、アイオン台風。家族七人が流され、父と私は宮城県登米市中田町上沼まで三十八キロ流され奇蹟的に生還する。母と兄弟三人を亡くす。

昭和二十四年（一九四九年）　一関市山目に父兄私の三人で住む。

昭和二十五年（一九五〇年）　新しい母と母の連れ児が家族となる。

昭和二十八年（一九五三年）　兄、自死。

昭和三十年（一九五五年）　三月、東北理美容学校を卒業する。
四月、盛岡市「スタイル美容室」に入店。（インターン生）

昭和三十二年（一九五七年）　美容師の国家試験合格。

昭和三十二年〜三十四年（一九五七年〜一九五九年）　釜石市「白金美容室」に勤務する。
釜石製鉄所勤務の仲間が創る、詩の会「門」に入会する。

昭和三十四年〜三十六年（一九五九年〜一九六一年）　東京、東村山「モロ美容室」に勤務。

昭和三十七年（一九六二年）　七月、一関市宮前町に「ちば美容室」を開業する。

昭和三十八年（一九六三年）　結婚。一男二女を授かる。

昭和五十五年（一九八〇年）　北上川改修百年記念誌、第十号「北上川」誌に載る。

平成二年（一九九〇年）　十一月四日付「毎日新聞」岩手版にアイオン台風関係で紹介記事。以降、現在に至るまで「岩手日報」「岩手日日新聞」などで断続的に関連記事が掲載され、取材を受ける。

平成三年〜二十一年まで（一九九一〜二〇〇九年）　美容組合一関支部副支部長。

平成九年（一九九七年）

一関市内画廊「タブラ」にて二日間写真展（個展）を開く。作品七十点。写真の売上げ十万円を福祉へ寄付する。

平成十年（一九九八年）

アイオン台風五十年シンポジウム。

平成十二年（二〇〇〇年）

短歌「個性」同人。その後、「游」会員。現在に至る。

平成十五年（二〇〇三年）

〝あいぽーと〟にて「生きる」の紙芝居を上演する。

平成十六～二十八年（一九九一年～二〇一六年）

東北へアモード学院の同窓会会長に携わる。

平成十八～十九年（二〇〇六～二〇〇七年）

市民ミュージカル「今伝えよう一関の年輪」公演。

平成十九年（二〇〇七年）

水害六十周年として歌集『つむじ風過ぎ』を自主出版する。それ以来水害の語りべとして学校や地域を講演する。

平成二十九年（二〇一七年）

三月、一関市防災フォーラムで体験談（紙芝居上演含む）（「岩手日日新聞」三月十三日付に報道）。七月、広報いちのせき「I-Style」誌二八三号に表紙写真含む特集。九月八日付及び九月二十一日付「岩手日報」に語り継ぎ活動と人物紹介の記事。

平成三十一年（二〇一九年）

三月、著作集『命の美容室～水害を生き延びて～』をコールサック社より刊行。

家族構成　養母・夫・息子・孫・自分の五人家族。

現住所　〒〇二一―〇〇一二　岩手県一関市宮前町一四―三七

千葉貞子著作集『命の美容室～水害を生き延びて～』刊行に寄せて

佐相　憲一（詩人）

岩手県一関市宮前町にある「ちば美容室」は一九六二年（昭和三十七年）の開業である。いま、全国各地の巷では新しいタイプの美容院が次々と生まれ、昔は床屋に通った男性も特に若い層は美容院を利用する傾向にある。他方では超スピードカットと低価格が売り物のチェーン店も大都市を中心に流行っている。この業界の競争はとても激しい。そんな中で、「ちば美容室」は時代の変遷に消されることなく地元の信頼を得続けているから立派だ。創業時には二十二歳だった千葉貞子氏が五十七年間も守ってきた、地域住民の憩いの場である。そんな氏は別の顔をいくつも持っている。

まず、短歌会の「游」誌に作品を発表し、俳句や短歌で何度も新聞に入選した文芸人の顔だ。二〇〇七年には歌集『つむじ風過ぎ』も上梓しているから本格的だ。この方面での、いまでは知られざる経歴としては、一九五〇年年代後半から六〇年代はじめにかけて、釜石市にあった「白金美容室」勤務のかたわら、現地の詩の会「門」誌に熱心に現代詩を発表していたことがあるだろう。当時、十代の終わりから二十代はじめだった女史のひたむきで新鮮で鋭くもある詩篇は、その後、書籍化することもなく自宅に眠っていた。文芸のほかに写真も相当な腕前で、個展開催もある。

さらに、千葉貞子氏が一関市の文化・行政にとってかけがえのない人物であることを忘れてはならない。いや、人によってはこの顔こそが千葉貞子という名前と真っ先に一致するかもしれない。それは、戦後二年目、三年目にこの地を襲ったカスリーン台風、アイオン台風の、後者の大水害の奇跡的生還者として生き続けてきた貞子氏である。その痛苦の体験を命の大切さと共にいまに語り継ぎ、今後の災害対策の教訓にしてほしいと伝えているのである。体験記を書いて知識を広めてもらったり、新聞取材を何度も受けたり、請われて講演などをするだけでなく、二〇〇六年、二〇〇七年には、氏の体験をもとにした市民ミュージカル「今伝えよう一関の年輪」が上演されたりした。

そして、家庭人としての千葉貞子氏がいる。アイオン台風による水害被害で母親と兄弟三人を亡くした氏はその後も複雑な家族背景を体験してきたが、常に向日性の優しさをもって関係者たちと笑顔の輪を作り上げてきたのだった。自ら溺れ死にそうになりながら、目の前でお母さんや弟が水に呑み込まれていくのを見るのは九歳の女の子には過酷過ぎた。しかも、奇跡的に救われて後には、中学三年時に高校生の兄を自死で失っている。貞子氏と共に生き残って生き続けた父のもとに来た義母の苦労を思い、義母を愛し続けてきたことからも貞子氏の人徳の深さがうかがえる。一九六〇年代初めの若い女性たちの自立的な動きの最先端を行くように、大いに学び、資格を手にした働く女性として、家事や育児と美容室経営・実践を両立させてきたのだった。

そのような才女が、いままで書いてきたさまざまな分野のもののエッセンスを一冊にまとめてこの著作集を世に問う意義は大きい。水害を生き延び、激動する時代を生き抜き、朗らかに人々と手をつないで日々生きる市民として、いくつもの文芸分野の作者として、ひとりの人間として、岩手県は一関から届けられたこの一冊である。

第Ⅰ章は記録文「アイオン台風の記憶」だ。これは小冊子のかたちで発行され、市民に繰り返し読まれたものの加筆版である。市民の手で紙芝居やミュージカルにもなっており、一関市のホームページでも強調されるなど、ひろく市民の共感を呼んでいる。水害対策への教訓、隣県にまで流されても生き延びた少女の証言の生々しさ、そして何よりもその後の彼女の生き方に、いまを生きる広範な市民が励まされ、特に東日本大震災との関係で再び注視される過去からの声として、大切な文章となっている。今回、この本の冒頭に収録されることで、一関市や岩手県だけでなく、東北や東日本だけでなく、災害被害が続く列島各地にも直接関わることとして、この体験記が人々の胸に届けるものは大きいだろう。生涯をかけて伝える少女の体験記である。

第Ⅱ章は現代詩だ。先ほど述べたように、ここに収録されているのは一九五〇年代後半から一九六〇年代はじめにかけて、著者が十代終わりから二十代はじめにかけての詩群である。掲載誌「門」は働く若者による詩誌であったらしく、作者の詩にも時代背景や社会動向の影響が感じられる。製鉄労働者の男性らに混じって、美容室勤務の作者が書いているのだが、青春期特有の苦悩と希望の中で、生き方そのものを問うようなひたむきな彼女の詩は新鮮に光っている。とっておきの秘密を見せてあげるといったニュアンスで今回おもむろに著者が引っ張り出してきた貴重な詩誌を読ませてもらって、思わずわたしはうなったのであった。読まれてお気づきのことと思うが、ここに展開しているのはよくあるサークル誌の日常雑記的なものではない。内面的な独自イメージを殺すことなく繊細に表現しながら、それでいて外界世界の中でのおのれの魂の位置を模索し、地球生命の感得や人間存在そのものの実存にも迫るような緊張感を詩の言葉にしている。まさに現代詩の息吹である。氏の内面深くにはこのように複雑で深遠な情景があったのだ。今回の書籍化がなければ、もう誰も読む機会のないまま捨てられていただろうこれらの詩群の輝きを、わたしはここに大いに推薦申し上げたい。

第Ⅲ章は俳句である。前章の現代詩発表時代のちょうど次に俳句時代が訪れた。ここに収録されているのは一九六三年から一九七八年、著者が二十代前半から三十代後半までに「岩手日報」投稿欄などに入選した俳句から選ばれたものである。地元・一関で美容室を切り盛りし、子育てや家事に忙しい、充実の日々だったであろう。そんな中からふと日常の情景を切り取って俳句に託し、新聞などに掲載されるのを励みにしていたことがうかがえる。毎年の入選常連だったようで、季節感のある情景の行間からは、夫や子を想う心が伝わってくる。

第Ⅳ章は短歌だ。毎年一回発行されている「游」誌に熱心に作品を寄せてきたのは前章の俳句時代の後だった。すでに一冊の歌集を上梓しているので、今回収録されているのはその歌集の後、二〇一二年から二〇一八年までの最新の短歌時代というわけである。この間、東日本大震災があり、収録短歌には被災地の実感が色濃く反映されてもいる。俳句時代に描かれた生活感は短歌でも健在で、そこに長年生きてきた思いが加わって、著者にとって心を表現する最良の場となっているようだ。

第Ⅴ章はエッセイだ。「游」誌掲載二篇に加えて、今回のこの著作集のために六篇が書き下ろされた。計八篇。読者はいま一度タイムスリップし、アイオン台風・水害を生き延びた少女の回想に戻る。この八篇を本の冒頭の第Ⅰ章記録文とあわせて読めば、著者がたどってきた道、見つめてきたこと、感じてきたことの原点がより立体的に感じ取れるだろう。

ところで、千葉貞子氏とわたしがお会いしたのは、同じ岩手県の北上市や盛岡市で文芸活動をしてきた詩人一家、佐藤美知友・伊藤恵理美・佐藤怡當《いあつ》・佐藤春子詩文集『大河の岸の大木』出版記念会の会場だった。息子、娘、父、母の四名みな詩人という類まれな才能の個性派一家が紡ぐ詩文集は地元で大きな話題になっただけでなく、全国的にも評価された。長い歳月に家族それぞれが記してきた心の声はいまを生きる人々の胸を温めた。その一家の父であり、歌人・評論家にして詩も書く佐藤怡當《いあつ》氏と短歌の世界で交流しているのが千葉貞子氏だった。佐藤一家の出版を祝う席で編集した者としてスピーチさせていただいたわたしのところへ、上品で親しみやすい感じの女史が近づいて来られ、話しかけられた。佐藤一家も数々の試練を乗り越えてここまで歩んで来られたが、そのありように共感する千葉貞子女史は、書いて来た作品群を一冊にまとめるにあたり、このご縁を大事にされて、わたしに託してくださったのだった。わたしは岩手県に暮らしていないので、それまで千葉貞子氏のことを存じ上げなかった。当初、美容室のオーナーさんが自分史のようなものを大切に出されるのであろうという方向に受け取った。ところが、さっそく読ませていただいた各文芸分野の作品群とアイオン台風関係の公的な記事などを見て、心底驚いた。これはもう、全国各地のひろい層に読んでもらうべき立派な著作集になる、そう確信したのだった。生き方そのものが著者の執筆物の切実さに濃厚に表れていて、人生の心の声と共に、一九四〇年代から二〇一〇年代に至る時代の激動の空気も感じられる全体となっている。過酷な出来事を乗り越えて前向きに生き抜いてきた人の、多ジャンルにわたる文芸作品群は、きっと現代のさまざまな困難を生きている広範な読者の胸に響くだろう。

みちのくのまちにある「ちば美容室」の扉を開けると、生きた心のトリートメントが待っていた。

あとがき

はじめに佐相憲一氏とコールサック社の皆様に、このような素晴らしい本をつくって頂き、心よりお礼申し上げます。タイトルも佐相氏に付けて頂きました。電話で『命の美容室～水害を生き延びて～』は如何かと言われた時、入院先のベッドの中で、自分が美容師であることすら忘れておりました。素晴らしいと感動し、すぐにお願いしました。

本をつくりたいと思ったのは、水害から七十年目の二〇一八年の夏でございました。そんな時に、北上市の佐藤怡當《いあつ》氏御一家の出版記念会（佐藤美知友氏・伊藤恵理美氏・佐藤怡當氏・佐藤春子氏・詩文集『大河の岸の大木』）があり、佐相氏と出会い、そのスピーチに心を打たれて、この方なら私の粗末な文章でも引き受けて下さるのではないかと思い、失礼ながらお願いしたところ、快く引き受けて下さいました。

年齢と共に衰える体力と記憶力等を思う時、水害体験を後世に残すことが使命ではないかと思いました。

水害で二度頂いた命、そして恩人。

美容業界の仲間。「游」の会の人達。同級生。美容室のお客様。近隣の方々。多くの出会いがあり、そこから生まれた本であります。

最後になってしまいましたが、水害体験語り継ぎの後押しをして下さった四氏への感謝をお伝えします。カメラマンの故・横田實氏、行政関係の故・杉山博氏、インターネットで情報を流して下さった、現在も我孫子市でご健在の今村詮氏、紙芝居の絵を描いて下さった小林一美氏、の方々です。

そして、家族の皆さんに感謝いたします。

二〇一九年　春

千葉　貞子

石炭袋

千葉貞子著作集『命の美容室〜水害を生き延びて〜』

2019年3月5日初版発行
著　者　千葉　貞子
編　集　佐相　憲一
発行者　鈴木比佐雄

発行所　株式会社 コールサック社
〒173-0004　東京都板橋区板橋 2-63-4-209
電話 03-5944-3258　FAX 03-5944-3238
suzuki@coal-sack.com　http://www.coal-sack.com
郵便振替　00180-4-741802
印刷管理　（株）コールサック社　制作部

＊装丁　奥川はるみ

落丁本・乱丁本はお取り替えいたします。
ISBN978-4-86435-378-6　C1092　￥2000E